HEYNE

Thomas Gsella

# *Kille kuckuck dideldei*

## Gedichte mit Säugling

*Illustriert von Jutta Bauer*

WILHELM HEYNE VERLAG
MÜNCHEN

HEYNE ALLGEMEINE REIHE
Band Nr. 01/13697

*Umwelthinweis:*
Dieses Buch wurde auf
chlor- und säurefreiem Papier gedruckt.

Taschenbucherstausgabe 02/2003

Der Wilhelm Heyne Verlag ist ein Verlag
der Ullstein Heyne List GmbH & Co. KG
Printed in Germany 2003
Umschlagillustration: Jutta Bauer
Umschlaggestaltung: Nele Schütz Design, München
Druck und Bindung: RMO-Druck, München

ISBN 3-453-86507-3

http://www.heyne.de

Für Ursula, Rosa und eine Tagesmutter

# Vorwort

Was bleibt, wenn die eigene Mietwohnung so großzügig ist, daß sogar der Schreibtisch unter all den Räppelchen und Strampelhöschen kaum mehr auffällt? Nix als Gedichte zum Thema. Gedichte sind leichter geschrieben als Romane, geben sich gedankenschwerer, versprechen tieferen Sinn und höhere Reputation.

Aber das Schönste: Sie halten sich ein bißchen an Sauberkeit und Ordnung, anders als zum Beispiel Säuglinge, die bekanntlich zu früh geworfen werden: ausgesprochen putzig und ausgeprochen unfähig zur Einhaltung so mancher Benimmregeln – jedenfalls der Eltern, die sich gezwungen sehen, für das neue Leben ihr eigenes komplett zu opfern. Schlafen geht nicht mehr, Trinken geht nicht mehr, Lungern, Sex und Fernsehkucken höchstens manchmal.

Warum also ausgerechnet Eltern Kinder kriegen, weiß Gottvater. Ich armer Teufel weiß jetzt immerhin, welche Verhütungsmethode Risiken birgt, welchen Schwangerschaftstest eine befallene Geliebte besser nicht machen sollte, welcher Durchbruch welcher Milchzähnchen welche Nacht zum Tage macht, wie man Großmutters Windeln so knotet, daß

keine Druckfalten entstehen – und welche Tochter die süßeste der Welt ist: nämlich ausgerechnet die eigene!
Die hier versammelten Reime begleiten die Leser/innen durchs legendäre erste Babyjahr wie der Priester einen Missetäter zum Schafott: einfühlsam und gewissermaßen abschließend bedichten sie das Vorspiel, Schwangerschaft, Geburt und die dann einsetzende Metamorphose eines zunächst erfreulich starren Säuglings hin zu einem mobilen Kraftwerk, das man ganztags im Auge haben, füttern, tränken, putzen, trockenlegen und lieben muß. Möge dieses Buch den mir nachfolgenden Eltern zu einem kleinen, aber feinen Trost gereichen! Hugh!

Ihr Herr Gsella
Essen, im Oktober 2000

## Zwölf Tage drüber

Ein fünfter Tag regt keinen auf.
»Ach Frau, das nimmt schon seinen Lauf.«

Der sechste Tag – kein Blut in Sicht.
»Das wird schon werden, sorg' dich nicht.«

Am siebten wird es sonnenklar.
»Wir beide sind eh unfruchtbar.«

Der achte Tag fließt ohne Blut.
»Am neunten Tag wird alles gut.«

Der neunte Tag – verregnet – grau –
»Nun walte deines Amtes, Frau!«

Am zehnten bleibt der Tampon weiß.
»Der Tampon – wie? Was soll der Scheiß?«

Und auch am elften: Künstlerpech.
»Du, Frau, ich hab's: Wir machen's wech!«

Am zwölften – drüber wie noch nie.
»Wo willst du hin?«
*»Zur Drogerie!«*
»Nix Drogerie! Los, komm zu Tisch!«
*»Warum denn das?«*
»Du frißt jetzt Fisch.

Und bleibt der Fötus unversehrt,
dann steigst du auf ein Hottepferd,
hü hott, hü hott…«
*»Du lieber Gott!«*
»Und hilft das nicht, dann betest…«
*»Ich kauf jetzt einen B-Test.«*

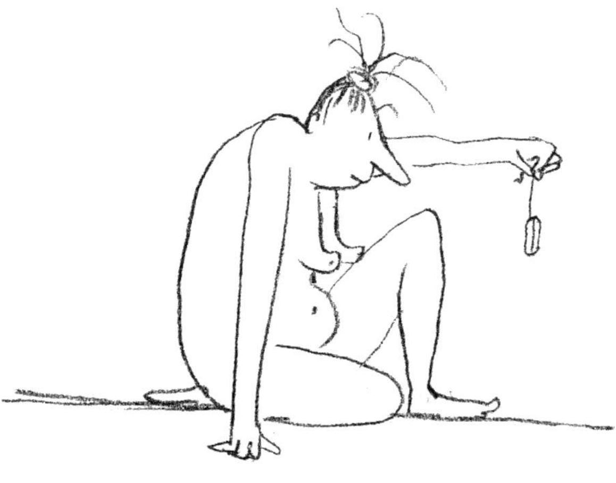

# Gemeinsamer Kauf des B-Tests

Wolkengrau und rauh wie fauler Tauben
kalte Schenkel liegt er im Regal
jener neuen Läden sonder Zahl,
die auch Frauen einen Kauf erlauben.

Dort: das sanfte Treten kleiner Füße –
eine *Stille, die dich fast verwirrt;*
lauten Atems Richtung B-Test stiert
freilich ausgerechnet meine Süße!

Reines Wollen, reines Sie-Durchgleiten
eines Triebes, uralt, frei von Sinn.
Letztes Flehen: »Bitte, kuck nicht hin!
Komm, wir fahrn spazieren! Laß uns reiten,

hotte hü! In Ställen beben Hengste
dir entgegen! Pferde wolln nicht stehn;
Pferde wollen Grünes, Blaues sehn
und auf möglichst huckeligen…!« – »Denkste.

Geh zur Kasse und berappe
hier den B-Test. Und jetzt Klappe.«

# B-Test

Mancher Morgen: dunkel, wortlos,
dicht umwoben von Vergängnis,
ohne Sinn und Form. Und ortlos:
Weder Himmel noch Verhängnis

wohnt in solcher frühen Stunde,
deren Telos das Vergehn –
gleich den Augen junger Hunde,
die schon sind und noch nicht sehn.

Dieser Morgen: helle Klage.
Und im Schnittpunkt zweier langer
Wege eine kurze Frage:
Ist sie schwanger?

Zwei im Bett. Und welche Schwere!
Sie trägt Hoffnung. Seine Bitte,
daß, was ist, doch Alptraum wäre,
liegt als B-Test in der Mitte.

Wie er daliegt: fetischböse!
Pars pro toto-grimmes Leuchten!
Und sie greift in ihre Möse,
um den B-Test anzufeuchten,

denn banal ist Menschenleben.
Tropfen Pisse darf entscheiden:
Wird es etwas Drittes geben?
Oder bleibt's bei diesen beiden,

die nicht töteten, nicht raubten,
nein: nur poppten. – Und es tagt,
als sie jene nie geglaubten
Worte »Ja, ich bin es« sagt.

»Sag das noch mal.«
»Ja, ich bin es.«
»Auf nach Holland!«
»Es soll reifen.«

Und ein Mann geht,
um sich Guinness
eimerweise
reinzupfeifen.

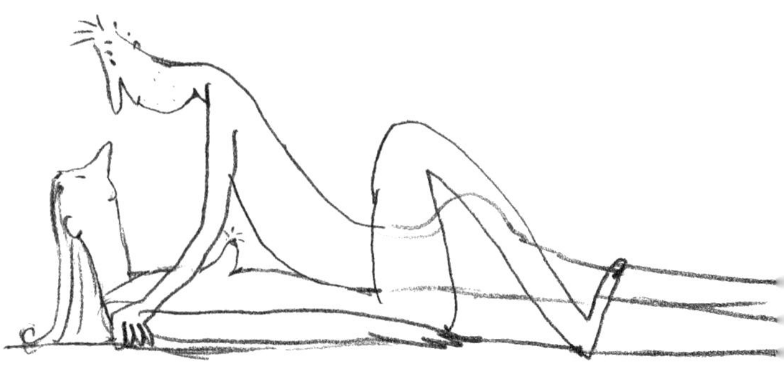

# Bauch
*für Gottfried Benn*

Etwas aus den weißen weichen
Häuten drang empor und wuchs
Involviertem Herrn zum Zeichen
Rund aus Bluse, Rock und Buchs.

Und es malte mit dem runden
Etwas, das nach hinten drängt,
Jene Kurve, zwiegewunden,
Deren Mitte Leben »schenkt«.

# Im Geburtsvorbereitungskurs

Grau und tagesmüde liegen
sieben Männer neben sieben
Frauen, die nicht abgetrieben
haben und ein Baby kriegen.

Männer dämmern auf sehr harten
Matten bei – nun wachen! – Damen,
die die Pille da nicht nahmen,
als sich Herr und Dame paarten.

Müder Ohren Schmerz erregen
fremde, sehr geschriene Worte:
»Alle auf die Seite legen!

Rechtes Bein hoch!!« Nie umflorte
Männerdämmern solcher Segen
wie an diesem irren Orte.

# Frau im neunten Monat

So wie ihr Bauch gleich einer Welt
kreisrund, so linear ihr Sinn.
Ein Leben, das ein zweites hält
und nährt, das gibt sich diesem hin
und fügt sich, kraftvoll, dem Geschick.
Ein Wille liegt in ihrem Blick.

Wie stark sie ist! Wie stark und groß!
Auch dick und doch: vor allem groß,
ja: dick am Bauch. Erstaunlich fett
füllt sie, verteilt um ihren Schoß,
breit wie ein Krake jenes Bett,
aus dem vor Zeiten, her ist's lang,
der Lust urlautes Tönen drang.

Nun sticht ihr Rücken, Bein und Po.
Nun kribbelt's in den Händen.
Sie kriecht auf allen Viern zum Klo.
Sie sieht nie ihre Lenden,
die auch für mich, hab Dank, o Kind,
ein bißchen unzugänglich sind.

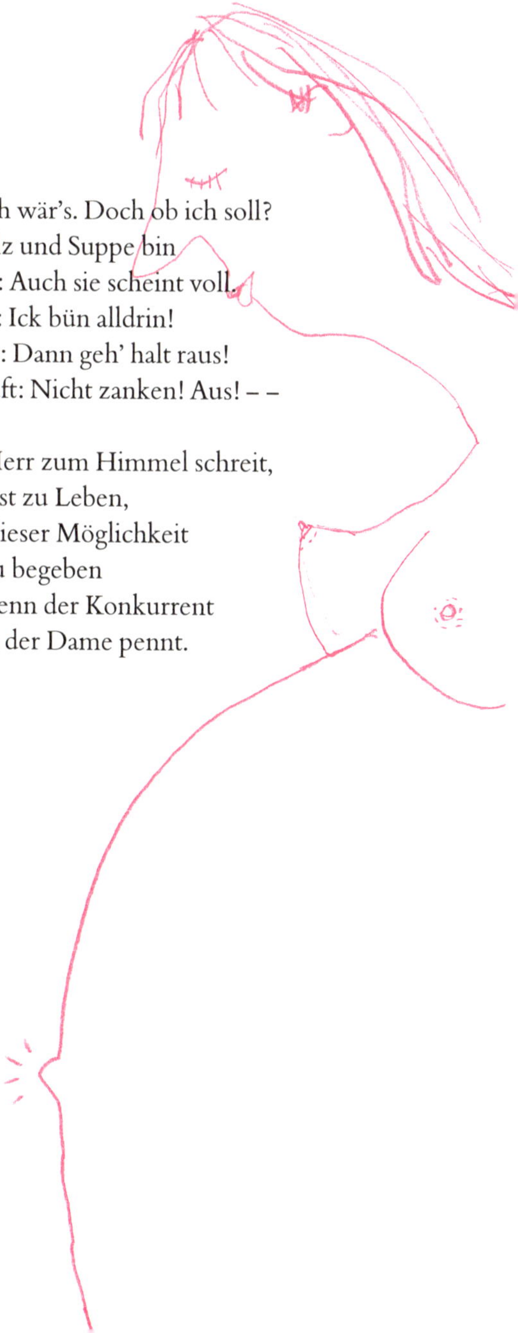

Wohl: möglich wär's. Doch ob ich soll?
So sehr ich Salz und Suppe bin
und sie Gefäß: Auch sie scheint voll.
Das Baby ruft: Ick bün alldrin!
Der Vater ruft: Dann geh' halt raus!
Die Mutter ruft: Nicht zanken! Aus! – –

So mancher Herr zum Himmel schreit,
ward seine Lust zu Leben,
so scheint er dieser Möglichkeit
sich ungern zu begeben
und hadert, wenn der Konkurrent
statt mit gar *in* der Dame pennt.

# Mann im neunten Monat

Drum kommt der Tag, da geht er fort
von seiner Frau, die einem Kind
verfallen ist, zu jenem Ort,
wo Frauen zu Gefallen sind
und dienstbar dem, der Bares hat:
Er geht in eine Innenstadt.

In seinen Taschen klimpert Geld,
und seine Füße treibt es schnell
in eine dunkle Unterwelt,
die City heißt. Sie ist: Bordell
der Dinge (die zumal ein Mann,
der Vater wird, nicht lassen kann).

Bereits im ersten »Hause« spricht
er's aus: »Ich will … dies Dreirad da!
Mit Bremse, Rück- und Vorderlicht;
ein Fahrrad und ein Bobbycar
plus Kinderwagen, Rasseln und
Schultüte, Teddy, Kuschelhund« –

bizarre Dürste, kühl gestillt
von einer Dame, die seit je
bizarrste Wünsche kühl erfüllt
(vorausgesetzt, es tut nicht weh);
der Kunde zahlt, die Dame nimmt,
so hat's der Lude vorbestimmt.

Doch was man tat; und wo man war;
und wo das Geld geblieben:
zuhause wird es offenbar.
Und man gesteht der Lieben
(derweil man sich die Haare rauft):
»Ich hab … schon alles eingekauft.«

# In den Bauch gesprochen

Später sprach die Liebste in dem Bette:
»Liebster, komm und sprich mit deinem Kind!«
Ob sie's denn bereits geboren hätte,
frug er, und die Liebste sprach geschwind:

»Aber Liebster – nein! Doch kleine Föten
haben Sinne. Föten können hörn.«
Ob es tunlich sei und auch vonnöten,
kleine Fötensinne aufzustörn,

frug er, und er hatte längst verloren:
Männer wissen, wann das Spiel vorbei.
»Grüezi, Fötus, bald wirst du geboren,
killekille, kuckuck, dideldei«,

sprach er bissi tonlos. Seine Wange
fiel, ermüdend, hin auf einen Bauch.
Beinchen koste sie. Kurz ward ihm bange.
Und dann sprach er, schluckend: Ich dich auch.

## Die erste Wehe: zur Unzeit

Schlafend sein heißt schönes und sehr vieles
zu erleben in geheimer Tat;
wenn des Unbewußten bunte Saat
duftend aufblüht und am Ziel des Spieles
sich die Lust mit jener Trauer paart,

die vom Graben zwischen Tag und Nächten
weinend weiß und seine Tiefe kennt.
Wer nur schlafend kommt, ei der verpennt
jenes Glück, das falsche stets von echten:
wach erstieg'nen Höhepunkten trennt.

Und doch bleibe jeder Mann parteilich,
dessen Frau, weil's holde Bäuchlein sticht,
*seinen* Traum *zu früh* beschließt und spricht:
»Du, ich glaub', es kommt!« Mir scheint verzeihlich,
wenn er brummelt: »Es vielleicht. – Ich nicht.«

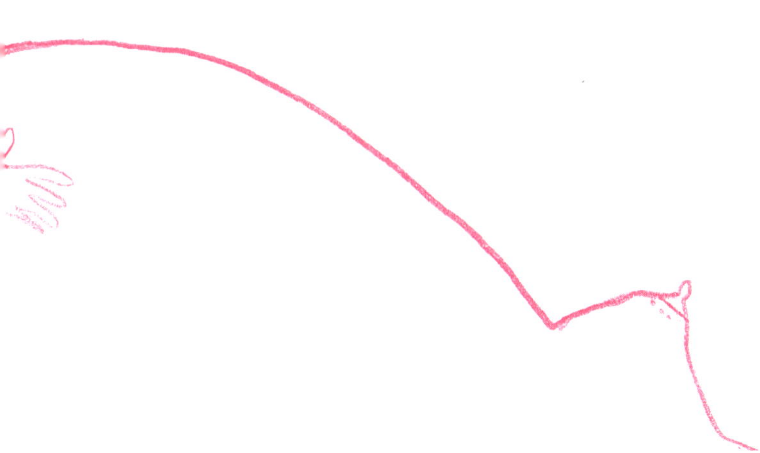

# Der große Tag
*für Eugen Roth*

Ein Mensch, der sich in Schmerzen krümmt
und sich auch sonst derart benimmt,
als ging' es ihm nicht sonders gut
in seinem Bett, da er still ruht,
ach was: der halbsekundenweis'
schrill aufbrüllt: »Gottverdammter Scheiß!«;

ein Mensch, der jedem Wohlsein trotzt,
minütlich in den Eimer kotzt
und blaß alswie ein Neujahrsschnee
beständig jammert: »Tut das weh!«;

ein Mensch, der seinen Partner barsch
herbeiruft, daß der ihn berühr',
und, wenn's geschehen, schreit: »Du Arsch!
Verschwinde endlich! Nein, bleib' hier!«;

ein Mensch, den Mann ins Auto hebt
und ihn, damit er weiterlebt,
ins nahe Krankenhaus chauffiert,
derweil der Mensch, von Schmerz verwirrt,
wie spießgebraten brüllt: »Ey, du,
die Fenster auf! Nein, mach' sie zu!
Mir ist so kalt, o Gott, ich schwitz!«:

Ein solcher Mensch besitzt wohl Witz
und zeigt sich, bremst man plötzlich,
ganz ohne Maß ergötzlich –
und zeigt sich, bremst man leise,
erfreut: »Hast du ’ne Meise?!
Hör’ auf zu bremsen! Schalte nicht!
Ich steig’ hier aus! Nein! Halte nicht!«
So brüllt er. Und dann schreit er:
»Haltstopp! Nein, fahre weiter!«;

ein Mensch, der dann im Kreißsaal liegt,
sich schrecklich windet und sich biegt
und, während’s Baby auf die Welt,
vor lauter Weh ins Koma fällt,
aus welchem er wie folgt erwacht:
In Tränen liegt er da – und lacht
und spricht zum Gatten: »Komm’ geschwind
und mache mir das nächste Kind,
damit ich bald, mein guter Mann,
dies alles neu durchleben kann!«:

Ein solcher Mensch will offenbar
nicht unterscheiden zwischen wahr
und falsch und Wahn und Wirklichkeit,
er ist halt wirklich nicht gescheit
und gilt auch Laien unbesehn
als schwerster Fall von: schizophren.

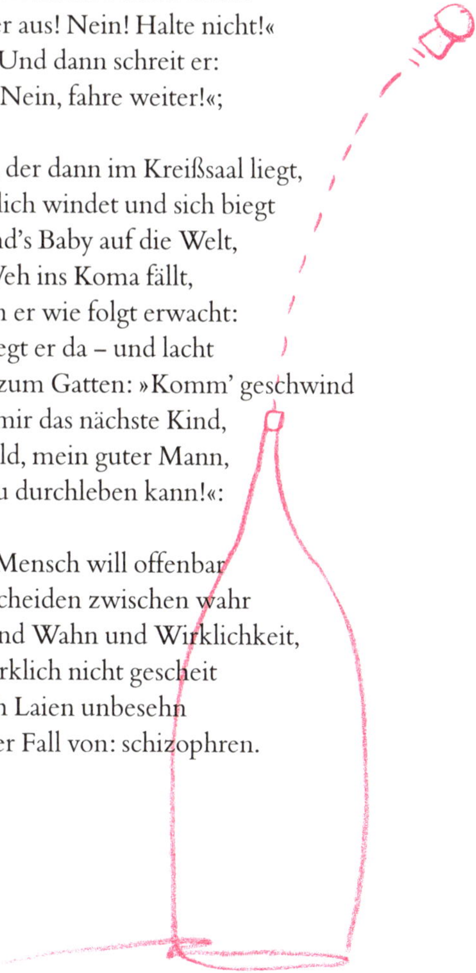

# Namensgebung

Das Tier ist ohne Wort. Denn das Besagen
der Dinge scheidet Sein von Welt,
um unter Tränen, die's nicht zählt
noch irgend weiß, die Scheidung zu beklagen.

Wir sind nicht frei. Wir sind nur nicht verständigt
so wie die Vögel. Unser Flug
ist schwankend, unser Ruf Betrug,
ein fauler Zauber: Ding, sei du gebändigt!

Wir sind nicht reich. Die Sprache ist der armen
Geschöpfe letztes Elixier:
Du, Außen, bist so groß, doch wir
benennen dich! Drum habe halt Erbarmen!

Wir sind nicht ewig. In den tiefsten Gründen
der Worte wohnt die ältste Not:
sie sollen aus dem nahen Tod
in eine ihm verwehrte Sphäre finden.

Wir sind nicht wahr. Das Außen formt die Kehlen
zu einem Laut, der gern vergißt,
daß er der Angst geschuldet ist
vor Dingen, die just diesen Laut befehlen – –

Weißrot von Blut, stocksauer: Grade so sah
ein Säugling aus. Und Vaters Mund
wie Mutters gaben bibbernd kund:
So sollst du sein und heißen: Lieb! Und Rosa!

# Gespräch unter sechs Augen

Und als es da ist, ist es eine Sie.
Geworfen in die ersten lauen Stunden
des blauen Monds September und doch wie
seit je verätzt von allen Lebens Wunden,

mit Falten einer Greisin und den Blicken
der tief Enttäuschten, jener, die längst weiß,
daß Dasein nur bewältigt wird, nie glücken:
»Was habt ihr da getan? Was soll der Scheiß?

Was habt ihr«, fragt ihr Blick, »in jener kalten
Dezembernacht, da eurer Liebe Hast ...«
Des Mannes Augen schnellen hin zur Alten.
Das Kind versteht: Die hat nicht aufgepaßt.

# Postnatales Saubermachen

Und er nimmt ein sehr verschmutztes
Es aus ihren Händen, legt es
Stumm ins Wasser, wäscht und putzt es
Und ein Es, ein sehr erregtes

Es beginnt sehr laut zu weinen
Er wäscht stumm von kleinen Armen
Blut und Schmiere von den Beinen
Und ein Es, ein zum Erbarmen

Kleines Es weint immer schlimmer
Dummer Er putzt immer stummer
Immer schlimmer das Gewimmer
Endlich sie: »Nun sprich, du dummer

Ochse, steh nicht stumm dabei«
Und er sagt »Was soll ich sagen
Kille kuckuck dideldei«
Da verstummt es und sein Klagen

Denn es hört – nun ihn erkennend
Ihn, den Ochsen, der, nun flennend
Ihr sehr dankt, daß schon vor Wochen
Er durch sie zu es gesprochen

# Die erste Nacht

Erde, abgewandt der Sonne,
liegt in linder Luft und taumelt
um ein Bett, in welchem Rosa
zwischen Mum und Daddy baumelt.

Wimpernlose und sehr satte
Augen schließen sich gemächlich.
Einen gut gefüllten Säugling
dünkt die Welt sehr nebensächlich.

Rosa schläft. Zwei gleichfalls hunde-
müde Elternkörper beugen
sich von links und rechts darüber,
jede Regung zu bezeugen.

Guck, sie zuckt! Und: Schau, sie lächelt!
Ei, sie spreizt den kleinen Finger!
Diese Wachsamkeit wird bis zum
Rot des Morgens nicht geringer:

Jedes Grunzen, Glucksen, Fiepsen
wirft die hormonell bezechten
hundemüden Elternkörper
ratzfatz aus der Waagerechten.

Erst zum Blau des Tages werden
beide in die Kissen sinken –
um dem mäuschenstillen Kinde
halbminütlich zuzuwinken.

# Inspektion

*Frau, wie klein die Hände sind!*
Unvorstellbar! Welche Kleine!
Und mir scheint,
*daß auch die Beine*
*äußerst schnell zuende sind!*

Stimmt! Die Beine: welche Kürze!
*Kochst du Wirsing, liebe Frau?*
Nein, das Wesen furzt!
*Helau!*
*Köstlich, diese Babyfürze!*

Stimmt! Und guck! Die roten Backen!
*Unvorstellbar! Welche Röte!*
*Rot wie …*
deine »Zauberflöte«,
haha! Guck, es kann schon kacken!

*Stimmt! Es bretzelt auf die weiße*
*Windel!*
Hipphurra! Es hat geschissen!
Und jetzt fängt es an zu pissen!
*Unvorstellbar! Solche Scheiße!*

*Und da oben! Noch ein Leck!*
Stimmt! Es kotzt dir auf die Hände!
Schatz, es reihert!
*Ohne Ende!*
*Also tu was! Mach' das weg!*

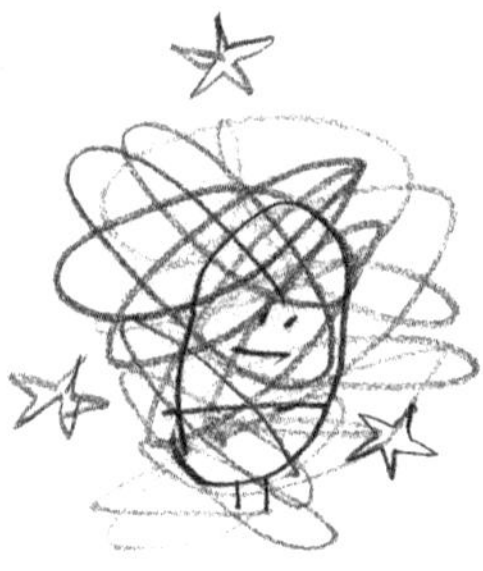

# Und dann genauer hingeguckt

Du fragst, wie ich die Rosa find?
Ich sag dir im Vertraun:
Von außen wirkt dies kleine Kind …
ich weiß, es ist wohl meins und deins;
doch objektiv besehen scheint's
doch relativ verhaun.

Die Wangen schlaff, der Schädel kahl;
und wenn das alles wär!
Ich gucke ein ums andre Mal
auf Höcker, Falten, Flecken und
die Pickel überm wunden Mund
und sage: Danke sehr.

Du sagst, so sähen Babys aus
am Tag nach der Geburt?
Nu' rede dich mal bloß nicht raus.
Dies Kind besitzt das Gsella-Gen
und k ö n n t e wunderschön aussehn,
kurzum: Du hast geschlurt.

Und sag von mir aus, was du willst:
Ich hab den Spaß verloren!
Mir ist's nur recht, wenn du das stillst;
wenn du's in seine Träume wiegst
und trotzdem keine Krise kriegst –
was sind denn das für Ohren!

Wo sind denn da die Beißerchen!
Die fehlen ja noch völlig!
Liebfrau: Auch wenn dies Scheißerchen
schon jetzt wie deine Oma keift:
Es ist, Punkt a: nicht ausgereift,
Punkt b: ein bißchen möllig!

Na mollig jedenfalls, und krumm
sind Arme, Füße, Waden.
Sie sagt kein Wort, ist ergo dumm,
obwohl … je länger ich so guck …
sie ist … ei schau! Ja kuckuck! … schluck …
Darf ich … äh … mit ihr baden?

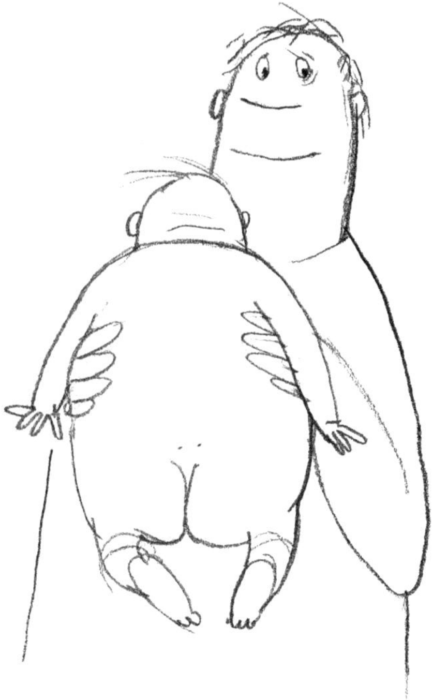

# Abendbad mit Säugling

Flackernd wie gefangne Blitze leuchten
sonnengelbe Kerzenkränze wider
auf dem warmen Naß, und unter feuchten
Lüften schließt ein Engelchen die Lider.

Fühlend nur, nichts sonst; es IST Empfindung.
Körper, Glieder ohne Ich, noch unerkannt,
schwimmend und doch in der Weltenbindung:
schwerelos in seines Vaters großer Hand.

Andacht liegt, ja: Andacht in den Zügen
eines Kindes, das nicht weiß, was wem geschieht,
nur: daß Augen lieben, nicht betrügen,
die es nun, die eig'nen öffnend, lächelnd sieht:

eine Mutter, nonnenweiß gewandet,
kniet am Wannenrand und schenkt, dem Kinde zu,
ihr Gesicht, das seine Welt umrandet,
die noch frei von jedem Ich ist – jedem Du –

rein vorhanden: Wellen sind's, die's führen
in die große Hand und leicht aus ihr hinaus.
Und ganz still (ein Vater lernt zu spüren)
scheißt es vollrohr in die Wanne. Baden aus.

# Galgenfrist

*für »Durs« Grünbein*

Antigone, nachdem sie Caesar vor der Schlacht
betrogen hatte mit Favulus »Hadrian«
Odysseus erst, dann auch mit Zlatko und U. Wickert –
aber was ich sagen will:
Der Anblick zarter Knospen stimmt uns allzeit froh
und macht uns beten, dies behütete Noch-Nicht-
Erblühtsein bleib': wie eines Engels Angesicht
nie welkt, weil nie zur Blüte sich entfaltet. So
erflehen wir, daß auch ein Baby knospengrün
im Stand der Larve harrt, verschlossen und sehr leis'
nur daliegt, ewig schlafend. Doch ein Vater weiß:
zum Schreien und zum Quengeln wird auch dies erblühn;
zum Schreien, Quengeln, Krabbeln, Laufen und auch, ach!
zur Demontage des CD-Regals nicht nur:
Es wird vernichten Wohnung, Garten, Wald und Flur.
Bald ist die Kacke schön am Dampfen, guten Tach.

# Drei Gleichnisse zum dritten Tag

*Gleichnis eins:*
Seht Raupen altern!
Seht sie, fast erstaunt, sehr sachte
ihrer Jugend sich entwinden,
die sie krumm und nieder machte,
und zu hoher Schönheit finden:
der von Faltern.

*Gleichnis zwei:*
Die Lotusblüte!
Ist nicht sie, im Schlamm geboren,
den sie superfix durchstrebet,
praktisch dazu auserkoren,
daß jed's Menschen Herze bebet?
Meine Güte!

*Gleichnis drei:*
ist das Radieschen!
Geht von ihm denn nicht die Sage,
daß es drunten in der Erde
etwa ab dem dritten Tage
sozusagen Model werde?
Nein? Kein bißchen?

*Also dann*
expressis verbis!
Heißt es nicht von Gsellas Kindern,
daß sie äußerlich gesunden
und das allzu Rohe lindern,
grade wenn's in ersten Stunden –
bißchen derb is?

*Heißt es nicht?*
Ach, seid doch stille!
Rosa wird von Stund' zu Stündchen
zauberhafter! Schöner! Zarter!
Seht dies Näschen! Bäuchlein! Mündchen!
Hört den durchgetickten Vater:
»Killekille …«

# Vaters Abenteuer

*für Ror Wolf*

Rosa spuckt den Schnuller aus dem Mund.
Vater bückt sich. Jedes Bücken ist gesund.

Rosa fällt der Schnuller tief hinunter.
Vater bückt sich. Wer sich bückt, bleibt munter.

Rosa spuckt den Schnuller auf den Rasen.
Vater weiß: Das sind Entwicklungsphasen.

Rosa wirft den Schnuller durch die Gegend.
Vater sucht ihn, sich sehr schnell bewegend.

Rosa kotzt den Schnuller in die Pfütze
und gebücktem Vater auf die Mütze.

Rosa schmeißt den Schnuller in den Gulli.
Vater, suchend: Ei, wo ist der Schnulli?

Wenn man einen Schnuller ausspuckt, ist er weg,
sagt der Vater und begibt sich in den Dreck.

Vater putzt den Schnuller, doch von einem Damm
segelt er aus Rosas Mund in einen Schlamm.

In den Mund damit, sagt Vater, und schon bald
fliegt der Schnuller von dem Damm in einen Spalt.

Schnuller schmecken lecker, ruft der Vater
und spaziert aus einem Damm in einen Krater.

Schnuller fällt sehr tief. Aus Alpenschluchten
rettet Vater Tage später den Gesuchten.

Spuck nicht, liebe Rosa, sonst gibt's Krach,
sagt der Vater, und er hüpft in einen Bach.

Vater ruft: Na, jetzt ist aber Schluß,
flieht den Bach und geht alsdann in einen Fluß.

Halt ihn, sagt er, halt ihn fest im Mund,
sagt der Vater und betaucht den Tümpelgrund.

Jetzt reicht es, sagt der Vater, und sogleich
durchkämmt derselbe Vater einen Teich.

Hier ist der Schnuller, sagt er, und oje,
und steigt aus einem Teich in einen See.

Hör zu, sagt Vater, Kind, das ist nicht fair,
und zieht den Schnuller schnell aus einem Meer.

Nun halt ihn fest, sagt Vater, und voll guten
Willens springt ein Vater in die Fluten.

Geliebte Rosa, sagt er, und mit schnellen
Schritten nähert Vater sich den Wellen.

Na guck mal, sagt der Vater, sauge dran,
und zieht sich eine Badehose an.

Ich werd dich! ruft der Vater, doch er ist
gelassen, als er jenen Schnuller frißt.

# Schräglage

Glücklich die Säuglinge!
Sie kommen,
wie man so sagt,
alle drei bis vier (!)
Stunden.
Ihre Eltern hingegen
»kommen«,
wie man so sagt,
praktisch kaum mehr
»dazu« …

## So geht es aber auch

Das Auge rändert sich
geschwind.
Grau leidend liegt ein Vater.
Ein Leben ändert sich
mit Kind.
Zum Beispiel so ein Kater:

Der Tag beginnt um acht
statt eins.
Vergiftet brummt der Schädel.
Da ist ein Kind erwacht
und seins.
Es heißt, es sei ein Mädel.

Ein Mündchen strahlt, ein Au-
ge lacht.
Ein Herz will was erleben.
Dies alles hat die Frau
gemacht,
drum soll sie sich erheben.

Die Frau allein hat Milch
und Brust.
Milch dient dem Kind als Futter.
Der Vater schiebt den Knilch
bewußt
in Richtung Frau und Mutter.

Die Mutter nimmt's. Das Klei-
ne trinkt.
So ist es gut und brav.
Der Vater schläft bis zwei
und sinkt
dann in den Mittagsschlaf.

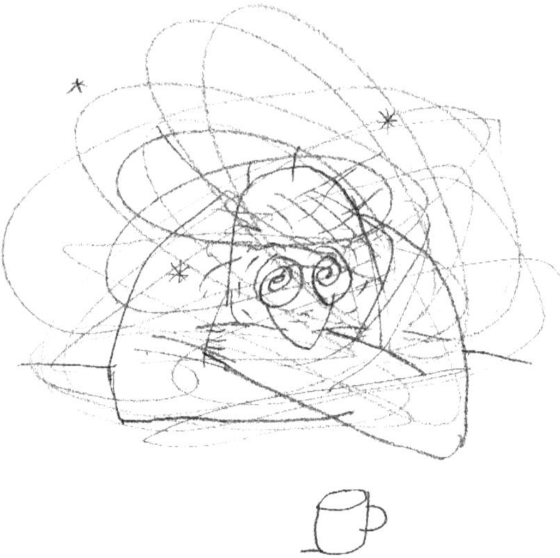

# An dieser Stelle

Nennst du eine Frau dein Eigen,
die, derweil sie Obst verspeist,
simultan in Wirsing beißt,
laß dir ihre Brüste zeigen.

Schreit die Frau dann später »Lauch!
Ich brauch' Lauch!«: Wirf unbedingt,
während sie das Lauch verschlingt,
einen Blick auf ihren Bauch.

Zeigt die Frau zuletzt Gelüste
solcher Art: Sie schaufelt kalte
rohe Nudeln, dann behalte
möglichst beides: Bauch und Brüste

zwar im Blick, doch laß dir sagen:
Deine Frau wird bald gebären.
Also sollst du sie verehren
oder aus dem Lande jagen.

# Ritual

Seit Jahrtausenden schon bitten
wir im Opfer, daß ein Gott vergeben
möge, daß, damit wir Menschen leben,
andre einen falschen Tod erlitten:
ungezählte Tiere.

Seit Jahrhunderten versinken
wir in tiefster Liebe zu den kleinen
Kindern, die durchs falsche Leben weinen –
um dann abends schuldbewußt zu trinken:
kaltgestellte Biere.

# Einige Materialien zur Elternverblödung

Haidli haidli haidli
kille kille
kuckuckuckuck
pidlipidlipo
jajajajajajajajajaja
hallohallo
ai kchchch
agrrrhh agrrrhh
öröööhhröööhhh
grrriiiililililili
jetzt in den pitzi pitzi Bauch beiße
jabimmelibimmelibimm
tschai tschai
bäääähhhhhhhhhhhh

# Erinnerst du?

Erinnerst du, wie wir es einst – nein, höre:
wie ES uns früher ineinander trieb,
als dir und mir (ich schweige, wenn ich störe)
im Bett ein Raum und Zeit im Tage blieb?

Erinnerst du, wie wir in mondgetauchten
(und scheißegal, ob Schnee lag oder Sand)
Äonennächten alles, was wir brauchten,
uns gerne gaben: Möse, Schwanz und Hand?

Erinnerst du *Nun laß sie doch mal brüllen;*
*das Räppelchen? Moment …* wie rot und groß
ich in dich glitt und *Huch! Schon wieder Stillen!*
*Die was? Die Windel? Liegt auf deinem Schoß;*

*ehm …* du mich nahmst, wie nur ein Meer das Magma
aus heißer Erde nimmt und kühlt und … äh …
o Ficken … tscha, wo war ich? … also sag ma:
Erinnerst du *Nicht weinen! Kuckuuuck! Bäähh!*

# Option

Ganz der Vater, sagt der eine.
Ganz die Mutter, sagt ’ne blöde Sau.
Gib dir etwas Zeit, unkt meine
unberechenbare Ehefrau.

Jedes Löwenbaby, heißt es,
ähnelt sich aus Angst dem Vater an;
andernfalls der Herr verspeist es.
So ich dies auch nachvollziehen kann,

mag ich’s ungern gleich verschlucken,
jenes Baby, das da auf mir liegt.
Ich *hab’* Zeit. Ich werde kucken:
Meine Frau hat, Rosa, dich gekriegt;

eine Hälfte *ist* von ihr, denn
ich war dort. Ich stand an ihrem Bett.
Wenn die andre nicht von mir; wenn
sich ergäbe, daß (und sei so nett:

gib mir bitte früh ein Zeichen!)
andrer Samen als der meine floß;
wenn ein fremder Löwe weichen
Beines sich in diese Frau ergoß,

dann, mein Kind, ich rat dir, mach'
die Mücke.
Andernfalls ich dich, s. o.,
verdrücke.

# Siebensilbige Hymne

Rosa, rotwangige, Du
Wesen noch ungeschliffnes,
rein Menschhaftes! Du, scheu noch
und engelsgleich, hast vielleicht
o Nachfahr! schon mitgekriegt
im Schlafe mag sein, dem so
tiefen: daß wir uns einen
(es war im wohl glanzvollsten
der glanzvollen Häuser, im
– Du kennst es nicht – Media-
Markt oder kann sein Saturn)
CAMCORDER nicht von der Stang',
nein!: *un model digitale*,
wie es zu sagen pflegt der
wackere Erbfeind Franzos,
haben zugelegt für, o
Dich, der reizendsten eine,
Dich, Rosa, heiliges Kind!
Um: und bitte, nun höre:
Dich zu filmen am Tage
nicht allein, sondern, das glaubt
kein Schwein, auch in der Nächte
fahl mondschwangerem Zwielicht
dieses Aufgenommene –
als hätte der Herrgott ins
Hasenhirn uns gekniffen;
und als reichte es nicht, daß

wir, o Rosa! Dich um uns
haben im Grund' doch genug –
just diesen Schinken, sag ich,
uns dann abends auf der Couch:
drei bis viermal: ankucken!!
So neben der Spur sind und
den Arsch komplett auf haben,
Göttliche, Deine Eltern.

## Morgens

Erwachend. Durch offene Augen
fließt Äußeres, das macht mein Ich.
Ich höre. Ich höre ein Saugen.
Ich sehe viel Grün unter Blau.
Ich dreh' mich und sehe dann dich.
Dort liegst du. Du bist mein Frau.

Ich seh' dich von hinten und höre
ein Saugen, und daß jemand schluckt.
Der Finken lindstimmige Chöre,
sie züngeln vom Garten hinein.
Dies Saugen … ? Ich hab nicht gekuckt.
Ich dreh' mich und schlaf' wieder ein.

Erwachend. Ein Wesen, ein kleines,
lacht neben mir. Wer da nicht bliebe!
Erschaffen von uns und nun seines:
Es ist und es fordert Applaus.
Es strahlt so. Es ist die Liebe.
Es zieht dir die Schuhe aus.

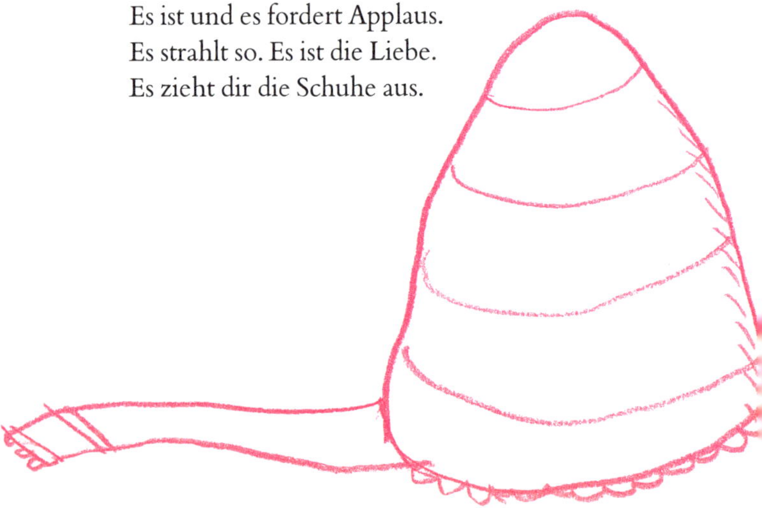

# Unter Niveau

Wenn ich sicher es nicht wüßte,
tät' ich glauben es nicht wollen,
daß zwei Superriesenmöpse
prangen itzt an meiner Ollen,

die, ich herzlich möchte bitten
um ein bißchen Diskretion,
früher hatte kleine Pflaumeln
baumeln, tja, das war's auch schon.

# Ja wie denn nun?

Dich, Rosa, kaum im Licht, behäufte die Verwandtschaft
mit manchem Kleidungsstück. Viel Buntes, viel aus
Weiß
liegt metertief versenkt: im Grunde einer Landschaft.
*Ein* Schönes blieb verschont. Der große Rest und Scheiß

(das allgäufesche Hemd, mit güldnen Küh'n am Kragen;
ein Dirndl fladenbraun; ein Traum aus Kitsch und Mist
und andrer Lump dazu, von Menschen nicht zu tragen):
freu', Kind, dich und vernimm', daß er verbuddelt ist.

Wir überlegten lang: wohin mit diesem Reigen,
den guter Wille schuf; und den Geschmack verdarb?
Zum Negerlein, zum Russ'? Die Neugebornen steigen,
zumal der Dritten Welt, gern würdevoll ins Grab.

Zu groß auch die Gefahr, das Fernsehn übertrüge,
und Tante Judith* schrie': Na huch, ich kenn' dies Kleid!
Wir dankten dieser Frau. Es war, wie jedes, Lüge;
wie jedes Dankeswort ein Mein- von einem Eid.

* Name vom Lektorat geändert

Wir gruben nachts und stumm. Des Mondes fahler
Schimmer
umfing den stillen Wald. Und wißt, es ward ein Loch
wohl sieben Klafter tief. Dort liegt, geb's Gott!
für immer
nun all der Scheiß und Lump. Nein, stimmt nicht!
Oder doch?

## Erster Abend ohne Mutter

Ich werde für Stunden
der einzige sein.
Allein mit dem Säugling
ist wirklich allein.

Der Mond hockt im Fenster.
Wie drohlich sein Licht.
Ich hocke vorm Bettchen
und atme nicht.

Ich rechne: Im Eisfach
steht Milch eimerweise.
Trinkwarm: sieben Fläschchen –
Da! Teufel! Ganz leise:

ein wimmerndes Schwelen!
Schon steht es in Flammen.
Nun schreit eine Tochter
den Vater zusammen.

Ich trag sie auf Armen.
Sie schreit mich zugrund.
Da kriegt sie ein Fläschchen
und zwei in den Mund.

Und noch drei und noch eins.
Na soll sie doch platzen.
Trink zu, Kind! Laß laufen!
Und noch einen Batzen!

Randvoll sinkt sie nieder.
Ein Gähnen, ein Hicks –
»Gut' Nacht. Und verrate
bloß Mama nix.«

## 3 von 5000
*für Bertolt Brecht*

Ich sitze am Küchentisch.
Die Windel wechselt die Frau.
Ich habe die vorige gewechselt.
Ich werde die folgende wechseln.
Warum sehe ich den Windelwechsel
Mit Ungeduld?

# In finsteren Zeiten

Man wird nicht sagen: Als da der Flieder
im Frühlingswind tanzte
Sondern: Als da die ersten Zähne über Monde
sich durch Kauleisten fraßen.
Man wird nicht sagen: Als da der junge Braunbär
den Gebirgsbach durchschwamm
Sondern: Als da ein stetiges Möckeln
war am Tag und zumal in der Nacht.
Man wird nicht sagen: Als da ein Vater
die selige Ruhe des Schlafes genoß
Sondern: Als da die Mächte des Schicksals
alle zwei Stunden aufwachten
Aber man wird nicht sagen: Die Zeiten
waren finster
Sondern: Warum waren ihre Väter
so müde?

# Zehnter Monat: große Wende

Liegen, Frau, scheint diesem Kind
sehr zur Freude zu gereichen!
*Ob die andern weiter sind?*
Meilenweiter! Kinder gleichen

Alters drehen sehr behende
sich vom Rücken auf den Bauch,
stützen sich auf beide Hände …
… *diese Kinder krabbeln auch* …

… oder ziehen sich am Gitter
ihres Bettes in den Stand.
*Gottogott, die sind ja fitter!*
*Rosa, kuck' nicht an die Wand,*

*sondern tu was!* Rosa, hör' mal:
eins, zwei, drei, die Beinchen hoch!
*Quatschkopf!* Frau, ich zieh' dem Gör mal …
*Weg da! So weit kommt das noch!*

*Wasisdasdenn?!* Huch, es regt sich!
*Rosa rollt sich auf die Seite!*
Leck mich fett! Das Ding bewegt sich!
*So behend' wie keine zweite – – –*

Unvorstellbar! Ich bin platt! Sie auf der Seite! *Und seit Stunden! Starr wie Marmor!* Tscha, da hat sie ihre Haltung wohl gefunden …

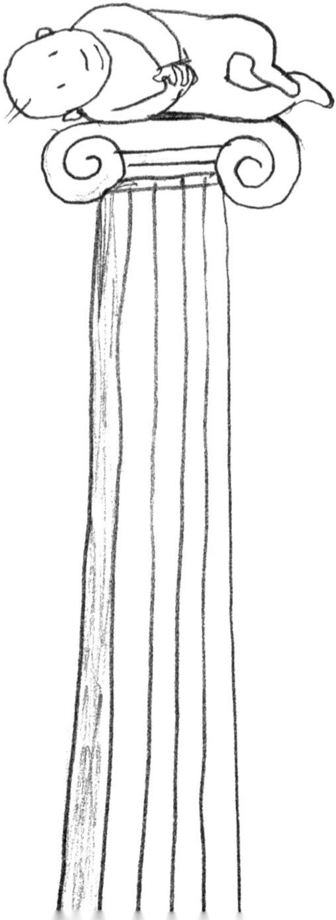

## Was schlimm ist

Wenn man nachts um vier unruhig erwacht,
von der gleichfalls nervösen Geliebten zu hören,
daß Rosa im Gegenteil schläft.

Im gegenüberliegenden Haus
Menschen schlafen sehen und sich sagen,
daß sie das nachts immer tun.

Um zwölf Uhr beim Babyschwimmen sein müssen
und erst um halb acht mit den Vorbereitungen beginnen.

Auch schlimm: eingeladen sein,
wenn zu Hause die Räume stiller,
die Kinder weniger
und die Gesprächsthemen dieselben sind.

Schlimmer: Das Nötigste
für einen kurzen Familienausflug
ins Auto packen und daheim bleiben,
weil man nicht mehr hineinpaßt.

Am schlimmsten:
In Vancouver ankommen und erfahren,
daß der Koffer mit Lieblingsschnuller,
Biomandelmus, Schlafbär und Reisschleim
nach Bali geflogen ist.

# Längeres Geständnisgebet

Wollt' vor Gottesliebe, Jesus, überborden
dieses Herz: ich wäre jetzt nicht blau.
Wäre ich ein Klostermann geworden
abseits jener maßlos großen Horden,
die Dein Kreuz nicht lieben, sondern eine Frau;

träfe ich, wie Dich die Auserwählten trafen,
Dich, der Du gewiß ein Hirte bist;
lebt' ich, Jesus, unter Deinen Schafen,
die mit diesen, nicht mit Frauen schlafen,
wär' es, daß die Nacht am Morgen schließt:

Ausgeschlafen flög' ich durch Gemäuer,
die von Weihrauch warm sind und vom Klang
frommer Stimmen weich und ungeheuer
ruhig, und mein Sein wär' nicht wie heuer
rund umstellt von Möckeln, Sturm und Drang.

Doch ich hab' gepoppt. Ja, ich gestehe,
ich, der aus sehr müden Augen blickt:
Mir lag stets am Wohl mehr als am Wehe.
Gott, ich liebe, trinke und ich sehe
Rosa wach, kaum daß ich eingenickt.

# Frische Hose, frisches Hemd!

Frische Hose, frisches Hemd,
frisch geduscht – ich küß dich, Tag!
Rosa, die ich tanzend trag':
auf den linken Arm gestemmt,

hoch zum Leben! hoch zum Licht!
hoch zum Zauber vollster Welt!
tanzt und lacht, und ihr gefällt
ihre Aussicht: mein Gesicht!

Nie gekleckert, nur geklotzt!
Und wir drehen uns im Rund,
bis das Kind aus tiefstem Grund
mir auf Hemd und Hose kotzt.

# Long Island Notice 34VI

Hey Mann, wenn dich ein Wind
aus altem Feuer streift, weil Augen,
wenn sie dich sehen, blitzen
hell wie dein meerumspülter Stern:
Hey Mann, da hat ein Kind,
das Herz und Hirn noch voll vom Saugen
an jungen Mutterzitzen,
auch dich, den alten Vater, gern.

Hey Mann, dann bleib. Der Gin,
den du nicht trinkst, wird's überleben.
Und auch die tausend Weiber,
die du, für deine eine, läßt:
Hey Mann, dein Kind. Geh hin.
Es hat nichts, wird ihm nichts gegeben.
Zähl nach und sag: Drei Leiber,
Mann, drei Welten: That's the rest.

# Wankelmut

*nach Wilhelm Busch*

Was bin ich alter Bösewicht
So wankelig von Sinne.
Wenn Rosa schläft, behagt mir nicht,
Daß sie im Bett darinne.

Es ist mir so ein ferner Ort;
He, Töchterlein, beende
Den Traum und flieg' aus diesem fort
Hinein in meine Hände!

Nun will mich aber dieses auch
Nur kurze Zeit vergnügen;
Es möchte Händen, Herz und Bauch
Nach kurzer Zeit genügen.

So schwanke ich, daß Gott erbarm',
Hinwieder zwischen beiden.
Ein Kind im Bett, ein Kind im Arm
Mag ich nicht lange leiden.

Ich bin gerade so alswie
Der Erzbischof Herr Dyba*.
Er liebt den Heiland, zweifelt nie
Und hat ihn ewig yba.

* † im August 2000

## An die Frau

Sieh' mich nicht als Stetes, nicht als Pfeiler.
Nicht gegeben ist mir jene Kraft,
die ein Heim aus Brot und Liebe schafft.
Ich bin Hedonist und Langeweiler.

Dräng' mich nicht. Ich bin der beste Vater.
Blaue Blume dir, dem Kind ein Zoo,
mach' ich beide, dich und Rosa, froh:
Ich heiß' Durstig, und mein Bruder Kater.

Sei genügsam. Meine Kapriolen
zeigen dich als Mensch, und mich als Tier:
Du bringst sie ins Bett, ich gehe Bier,
das ich reichlich trinken werde, holen.

Wie bitte? Das könnt' ich von der Backe?
Putzen? Mir? Ich sei – ein was? Ein Arsch?
Aber Frau, warum denn gleich so barsch?
Wut und so: Das ist doch wirklich kacke.

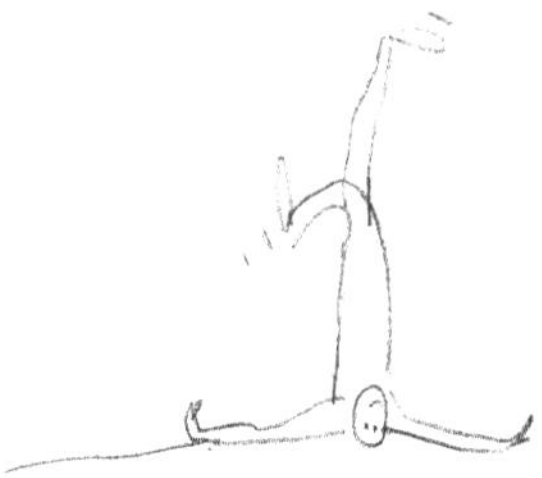

## Mach mal Pause!

Wenn dein Geist in weiten Schleifen
sich vom krud Gegebenen
leichthin löst, um abzuschweifen:
hoch in jene Ebenen,
wo die Adler, nicht die Tauben
fliegen und es lichter ist
als dort unten, darfst du glauben,
daß du wohl ein Dichter bist.

Wenn indes dein unterjochter
Geist (der sich zum Unten wendet,
weil dein Lautestes: die Tochter
den Flokatischlaf beendet)
sieht, wie bald schneeweiße Fädchen
aus dem Engel ragen; schaut,
wie das quietschfidele Mädchen
heiligfroh Flokati kaut;
spürt: ein Dehnen weicher Sehnen
und daß aus dem Katzenkissen
etwas sich erhebt, um jenen
Schlafflokati vollzupissen –

dann, Verehrter, solltest du dein
Reimen vielleicht doch besser
auf später verschieben.

## Und dann immer wieder

Und dann immer wieder: diese Augen
Dir entgegen, hell und ohne Falsch
Strahlend lachend, ganz alswie ein Saugen
An der Seele. Und dein dicker Halsch

Krümmt sich merklich, schämt sich, und er dünnt sich
Wie ein Schüler, der den Meister weiß.
Kinderlachen, das ist unergründlich
Gut und wahr und schön – mein lieber Scheiß!

# O wie chauvi

O wie trüb wach' ich um sieben
auf und schaue, o wie grau!
Müde schau' ich meine Lieben:
Rosa rechts, und links die Frau.

O wie war einst voller Kraft ich
nach dem Schlaf der langen Nacht!
Heute heißt es: »Oller, raff' dich
endlich auf, es ist halb acht.«

O wie hüpft' ich einst behende
durch des Tages blaue Flur!
Heute bin ich tags am Ende,
und von Hüpfen keine Spur.

O wie tanzt' ich einst auf Feiern,
da der Mond zur Sonne ward!
Heute sind die Beine bleiern.
O wie bin ich hammerhart:

O wie schläft jetzt ein gewisser
Gsella sich ab morgen aus!
O wie chauvi sitz' ich Pisser
schon ab morgen faul zuhaus,

während Frau sich sputet, schindet,
wäscht und wickelt, kocht und spült.
O wie prima Frau das findet!
O Beziehung: abgekühlt!

# Die »Partei«*

*für Johannes R. Becher*

Was wär' ich, ohne daß mich dieses Kind
In seine Zucht genommen, seine strenge?!
Ein bunter Vogel: freier als der Wind
Irrt' ich umher, vertilgend eine Menge

Von Allohol und was, und sehr geschwind
Wöb' ich euch Verse wie Brokatgehänge:
Sehr glänzend, fein und leer, wie Verse sind,
Die ihr euch wünscht: ein Rauschen im Gedränge

Der Bürgerlaunen und der schönen Krisen
Von Seele, Existenz, das Lied zum Tod,
Den niemand stirbt: bierschwere Expertisen

Von Idiot zu Idiot.
Doch bin ich nicht gefallen und verkommen:
Dank der »Partei«, die mich in Zucht genommen!

* [Die Partei: Becher schloß sich 1919 der Kommunistischen Partei an; hingegen *Die »Partei«:* Rosa]

## Selbstgespräch um Mitternacht

Und andrerseits: Wie bin ich wieder blau!
Wie zischt' ich wieder wie ein Irrer Biere!
Zwar weiß ich heute abend um die schiere
baumgroße Not von morgen früh, helau;

und weiß auch um die Kürze meiner Nacht,
allweil mein Rausch die Tochter nicht benebelt.
Doch wird dies Wissen praktisch ausgehebelt
von just dem Zeug, das mich so wissend macht!

Gesetzt jedoch den Fall, ich tränke nicht:
Darf denn sein Wissen für Gesundheit geben
ein Geistesmensch? Nun, ich gedenke nicht,

mit einem klaren dummen Kopf zu leben.
Es weiß allein, wer heute trinkt, sehr gut,
daß morgen seine Birne brummen tut.

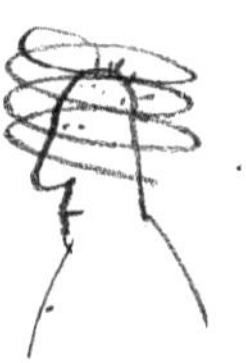

# Fragen eines lesenden Vaters

Wer machte Marylin Monroe groß?
In den Büchern stehen die Namen von Regisseuren.
Haben die Regisseure die *Osanit*-Kügelchen
Gegen innere Unruhe beim Zahnen verabreicht?
Und die mehrmals geehrte Claudia Schiffer –
Wer, bitte, hat sie denn hergestellt?! In welchen Löchern
Des Steffi-Graf-Anwesens vegetiert heute Peter?
Wer legte die vielbesungenen Sirenen
Auf Teppiche, damit sie es beim Krabbeln
Weich haben? Der große Karel Gott: Von wem
Hat er sein betörendes Timbre? Sang er nicht
Anfangs auch mal mit Vati? Ja bestimmt! Und
Selbst hinter dem sagenhaften Gespann der
Schumacher-Brüder steckt letztlich ein
Paps

Cäsar schlug die Gallier.
Hatte er nicht wenigstens Daddy bei sich?
Nein? Oder zumindestens sagen wir Hannibal:
Waren seine Elefanten nicht eventuell vaterseits
Finanziert (vorgestreckt)? Auch nicht?
Napoleon siegte im
Dreißigjährigen Krieg. Wer
Hat ihm das erzählt?

So viele Berichte.
So viele Fragen.

# Höre, Rosa!

Es scheint nun bis zum Krabbeln nicht mehr weit.
Sieh' deine Beine: voll von jenem Drang,
der in Bewegung mündet! Sehr bereit,
sehr willens und durchaus im Überschwang

fängt's an zu zucken und sich zu gebärden,
als wolltest du, was wohl kein Mensch so will
wie meine Frau, nun doch mobiler werden.
Ich freilich sag': denk' nach! Kind, halte still

und überleg': Wo willst du hin? Warum?
Braucht eine Welt, die rast, nicht auch das Bleiben?
Und kann ein Vater, dessen Tochter stumm
und stille dasitzt, nicht viel besser schreiben?

O ja, ich weiß: Dich treibt's zu Neuem fort.
Doch winkt, wo dieses ist, auch stets Verderben!
Mein Handel lautet: Bleib' an deinem Ort
hier unterm Schreibtisch – und du wirst ihn erben.

# Und höre noch mal, Rosa!

Du bist die ganze Zeit gelaunt
wie kaum ein Mensch: so hell vergnügt!
Doch ist da eins, das mich erstaunt
und diese Strophe Strafen lügt,

quatsch: Lügen straft: Kaum trag ich dich
zum Wickeltisch und zieh dich aus
und um zur Nacht, beklag ich mich,
quatsch: du! Du dich! O einer Maus,

die unterm Katzenbiß vergeht,
gleichwehes Möckeln! O Geplärr,
das außer dir kein Schwein versteht:
der Magen voll, die Windel leer,

die Haut mit Küssen sonder Zahl
gewärmt, geneckt, geliebt, gekost
und abgeschleckt zehntausendmal.
Doch du, geliebte Tochter, tost,

kaum ist dein Unterkörper frei,
in meine wundgeschrienen Ohrn
und haust mir unter Kampfgeschrei
die Füße in die Adduktorn –

o weh! O stopp! O halte ein
und hör: Wer einen Mann versehrt,
geriert sich eher grob als fein
und sieht die Welt auch grundverkehrt,

denn niemals wär er heut am Licht,
gäb's Papas heile Eier nicht.

# Philosophie contra Zivilisationsleiden

Seit Rosa zahnt, bin ich ein Feind der Frauen.
Sie werfen Kinder lange vor der Zeit,
die Kinder brauchten, um schön fix und fertig
zur Welt zu kommen. Nichts als Eitelkeit
verbirgt sich hinterm postmodernen Wollen
der »Schönen«, sichtbar in der Welt zu *stehn*,
wodurch sich ihre Becken so verengten,
daß Babies sich in einer Falle sehn:

Sie sind nicht fertig. Doch der Weg nach draußen
ist offen nur, wenn sie als Frühchen, kurz:
mit viel zu wenig Haaren, lahm und zahnlos:
als Föten (!) schlüpfen. Frauen ist das schnurz:
Sie »müssen«, wie die Herrn der Schöpfung, *aufrecht*:
mit freien Armen kochen, putzen, spüln
und schoppen, ah! Und tanzen! Doch bedenken
die Frauen, wie sich wir, die Herren, fühln?

Gerädert. Müde. Schwer gereizt vom Möckeln
und Schrein der Kleinen, die das Zahnen quält.
Im *waagerechten* Uterus ging's schmerzlos,
na jedenfalls unhörbar vor sich. Zählt
denn heutzutage nur das Glück der Damen?!!
Ich sage mal: Na »toll«! Und frage Sie:
Jean-Jacques Rousseaus astreines »Back to nature« –
die Weiber auf die Knie – nein? Keine Lösung?

# Umgekehrte Pyramide

Ich bin zweiundvierzig. Rosa, noch, null.
In grob achtzehn Jahren ist sie voll-
jährig. Ich: ein sabbernder Oppa.
Moral: Wer Leben schenkt, der
schenkt sein eigenes. Am
Tag meiner »Entlassung«
werde ich sein ein alter
Schlabbersack, noch
gut genug, ihr den
Führerschein
zu bezahlen
und dieses
»Internet
brow
ser«

# Es es es, es es und es
*für Robert Gernhardt*

Es macht nicht groß, wenn man sich sagt:
Die Kleine ist jung, aber du bist betagt.

Es macht nicht leicht, wenn man erwägt:
Die Rosa wird schwerer, je mehr man sie trägt.

Es macht nicht stark, wenn man bemerkt:
Die Rosa hat all deine Schwächen verstärkt.

Es macht nicht reich, wenn man versteht:
Wie reichlich erschöpft man ins Schlafzimmer geht.

Es macht nicht wach, wenn man erkennt:
Um fünf wachst du auf, weil die Rosa nicht pennt.

Es macht nicht traurig, wenn du siehst:
Wie sternenfroh Rosa dein Schlafen beschließt.

# Sinngedichte. Ein Zyklus

## Darum spuck auch du Zuvieles

Gerne seh ich, Rosa fütternd,
sie mit Interesse schlucken
und den Brei, wenn's ihr zu viel ist,
in des Vaters Fresse spucken.

Darum spuck auch du Zuvieles
in die Fresse dessen, der dich
voller Liebe hegt und füttert!
Sei wie unsre Tochter! Wehr dich!

## Nicht vermag der Mensch aus allem

Rosa saugt, mit mir im warmen
Bade sitzend, erst mit Lust,
bald verwirrt und dann stocksauer
an den Warzen meiner Brust.

Nicht vermag der Mensch aus allem
und aus jedem Milch zu saugen.
Prüfe du, worum dein Mund sich
schließen will, mit off'nen Augen!

## Viele spuren, wenn es Zeit ist

Ob es zehn, ob elf, ob zwölf schlägt:
Erst wenn Rosas blaue Stunde
*innig* läutet, geht sie schlafen
und ihr Vater vor die Hunde.

Viele spuren, wenn es Zeit ist.
Aber derlei Außenwelten
lassen starke freie Töchter
nur als das: als Außen gelten.

## So: um andre nicht bekümmert

Wie sich auf dem Spielplatz Kinder
Sand in Ohr und Auge schmeißen
und aufs Schrein der schwerverletzten
Mitgeschöpfe heiter scheißen –

so: um andre nicht bekümmert
und auf Rücksicht nicht erpicht,
sollten wir doch unser aller
Leben auch gestalten, nicht?

## Hier: beschirmt von Sommers blauem

Ungeschlachte Dauermuttchen
raunen kraus und schlagen Wurzeln
dort, wo tausend tleine Babies
laut von Rutsch und Schaukel purzeln –

hier: beschirmt von Sommers blauem
Himmelszelt, umweht von Flieder,
spürest du dein volles Menschsein.
Vater, komm und laß dich nieder!

## Klein- und Mißmut aber scheiden

Was sehr ungeschickte Hände
jetzt noch halten, das wird fallen
und, so oft wie aufgehoben,
wiederum zu Boden knallen.

Klein- und Mißmut aber scheiden
falsches stets von reinem Geben:
das, was Töchter runterpfeffern,
*frohen* Herzens aufzuheben.

## Wenn nicht länger schenkt des Mondes

Kaum erreich' ich mit der Lieben
nachts die dunkle Kneipentheke,
zwingt uns heim der holden Tochter
helles Babyphongequäke.

Wenn nicht länger schenkt des Mondes
dunkle Stunde helle Wonne,
trinken wir – o holde Einsicht! –
ab sofort bei Tagessonne.

## Drum verbieten, schreit das Kleine

Ach, in aller Regel folgen
Kind und Mutterbrust der dumpfen:
kleines Baby – große Brüste,
großes Baby – Brüste schrumpfen!

Drum verbieten, schreit das Kleine
auch nach Hipp, den großen Müttern
alle wirklich großen Väter,
jemals etwas zuzufüttern.

## Bitter weinend, munter schlagend

Munter schlägt im Bad mit beiden
Händen sie aufs Naß. Es spritzt
ihr ins Auge. Tränen fließen
unverstanden. Und so sitzt,

bitter weinend, munter schlagend,
da ein Kind und gibt sich Saures:
nichts begreifend, nur erleidend.
Bist du Mensch, oh, dann bedau'r es!

## Voller Duft und voller Aura

Wie sie saugt an Mutters Schultern
(sie, die's wirklich besser wüßte),
Mutters Wangen, Ohren, Armen,
weil die nahen Mutterbrüste

voller Duft und voller Aura
ihr den Milchfluß suggerieren:
So soll's auch der Herr bei Damen
möglichst überall probieren.

## Ausgeraubt von andern Kindern

Mütter meißeln in die Plastik-
Eimer gerne groß die Namen
ihrer Kinder, wenn mal diese
ohne sie vom Spielplatz kamen:

ausgeraubt von andern Kindern,
welche Fremdes an sich rissen.
Sei auch du, wenn du's mal wurdest,
jenen Müttern gleich beschissen.

## Sind auch meine, deine Fummel

Ganz wie eines Babys Kleidung
nach dem Tag, da sie erworben,
schon zu klein und all die Gelder
wie verausgabt so verdorben,

sind auch meine, deine Fummel,
grad erstanden, schon zu klein,
weil auch wir halt täglich größer –
wie? Im Gegenteil? – Na fein.

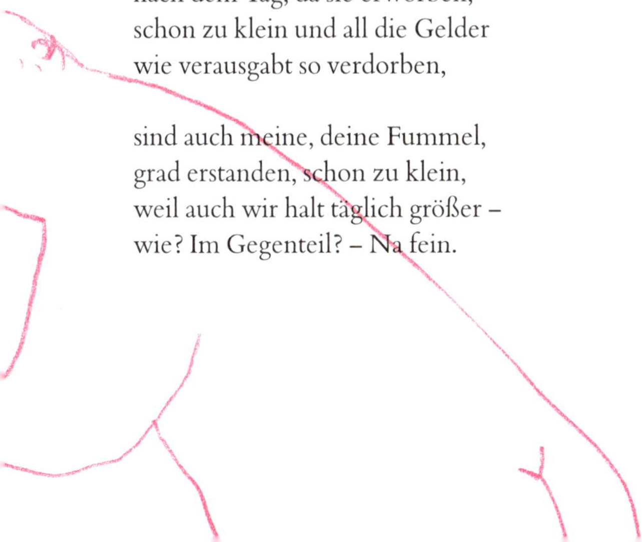

# Inventur
*für Günter Eich*

Dies war mal mein Zimmer,
dies war mein Schreibtisch,
hier meine Bücher,
»gelesen« von Rosa.

Alles ward Spielzeug:
der Laptop, Disketten,
ich hab auf den Bildschirm
den Namen geritzt.

Geritzt hier mit diesem
Erbstück des Vaters,
ein Kuli aus Platin,
zerlutscht von der Tochter.

Vorm Schreibtisch der Teddy
und Räppelchen und
zehn Klötzchen aus Holz.
Ich kann so nicht arbeiten.

Die Tastatur klebrig
von allerlei Dörrobst,
das Rosa nicht aufißt,
nein, irgendwo hinschmiert,

das Plüschtier hier prangt
zwischen mir und der Muse.
Rotköpfig hockt Rosa
und scheißt in die Zeit.

Dies ist mein Vermächtnis,
dies war mal mein Zimmer,
und hier: »meine« Bücher –
ich lach mich kaputt.

## Am und zum ersten Geburtstag

Du lachst für zehn. Du lachst ein Jahr
und krabbelst ohne Pause.
Du singst: Agö garrang ta taa,
und ich? Ich bleib zuhause

und zähl – ich informiere mich! –
sechs Zähne. Vier sind oben.
Du blühst. Und ich verliere mich.
Da wurd ein Ich verschoben:

Bevor du da warst, war ich ein
– ein Kind gibt keinen Vater –
ein Er, der glaubte, weich zu sein,
und war: ein sehr Erstarrter,

bevor du da warst. Ich war hier:
Ich schlief, schrieb und versank
in Nacht und Mond und Rum und Bier.
O Gott, wieviel ich trank!

Und trink' ja heute noch viel meist,
agö garrang ta taa!
Der Faden ist nicht abgereißt,
der bleibt so wunderbar

wie du, dudu, du Tochter, du!
Nun hab ich ungelogen
mein Grün, mein Rosa und mein Ruh':
Mein Frau. Mein Kind. Mein Drogen.

# Heureka!

Kleine Kinder sind wie Diebe:
brechen ein und plündern aus.
Früher liebt' ich meine Habe!
Heute hab' ich meine Liebe
Not und komme schon seit Monden
nicht mehr aus den Miesen raus.

Kleine Kinder sind wie Zecken:
saugen Blut und spritzen Viren.
Früher weckte ich die Geister!
Heute geister' nach dem Wecken
ich umher und koch den Reisschleim
gähnend und auf allen Vieren.

Kleine Kinder sind wie – Leder:
Glatt! Sehr teuer! Viel zu heiß!
Früher federte ich Spitzen!
Heute spitze ich die Feder
und ersinne spät am Abend
selten Gold! Doch häufig Scheiß!
Heureka!

# Plötzlich wieder nix als Sex

Ihr rechtes Knie an meinem Bauch. Ich trage
sie mit der Linken, und an meiner ihre Brust.
Ihr Kopf an meinem Hals, und wenn ich frage,
ob sie nun müde sei, dann windet sie mit Lust

aus meinem Streicheln und aus meinen Händen
sich kraftvoll hin zu ihrem kleinen Bett und gähnt.
So will ihr Tag – und so würd meiner enden,
wär nicht die Frau, die sich nach gleicher Liebe sehnt.

So endet denn mein Tagwerk nicht um achte;
es endet nicht um zwölf und längst nicht gegen eins.
Es endet, wie ich praktisch grade sachte,
erst gegen fünf. Ich bin halt schon ein toller Heins.

# Sie versucht zu krabbeln

Blick ich auf den Boden, steht sie da:
schreiend auf den Händen und sehr weichen
Knien, und ihr Leiden meint: Ich will.
Als sie noch nicht dastand, o wie still
jener Blick und jener Boden war!
Und ein zweiter Blick läßt mich erbleichen:

Blick ich auf den Boden, sehe ich:
mich auf weichen Knien und weichen Händen
bitter schreiend. Und wie's Tier gebeugt.
Leiden ist nicht. Leiden wird gezeugt
und, man nehme Rosa nur und mich,
brav perpetuiert und niemals enden.

Niemals enden und … – herrje, was macht
denn mein Töchterlein! Hört auf zu klagen!
Strahlt mich an und giggelt wie ein Schwein!
Knurzt und kichert! Rosa, laß das sein!
Leben meint erlitten, nicht belacht;
schlag dir das gefälligst auf den Magen!

# Erleuchtung nach Feierabend

Rosas Worte – Rosa spricht! –
Rosas Worte machen keinen
Sinn. Und grade dies besticht:
daß sie Sinn zu machen meinen

wie die Worte jener Spalten,
die – nuja, man ahnt es schon –
die sich für gemachte halten:
Leitartikel, Feuilleton.

## Wiegen- oder Aufklärelied

*für Peter Rühmkorf*

*Schlaf mein Kindchen-ungewollt,*
unvermehrt schleicht unverzollt
Non-Profit: ein Hicks, ein Fiepser
weich wie Sprengstoff durch den Piepser.

*Papas Puschen schlurfen sacht;*
das hat Ungewollt gemacht?
Freilich meinten Schlurfepuschen,
Lärmen hieße, nicht zu kuschen.

*Bulle-bulle, geh zur Ruh;*
stumpfer Stier und spitze Kuh,
stumpfe Kuh und spitzer Stier:
oft schon so, und immer hier.

*Wie es steigt und kopflos kippt,*
wenig schenkt und und nichts vergibt:
Lämpchen züngelt, Flamme aus –
zwei sind mehr als drei im Haus.

*Schlafe ein, still mein Kind,*
drei sind mehr als zwei und sind,
Sigmund hin, Elektra her,
mehr als zweimal die und der.

*Fahre wohl, fahre weit!*
Bilderstürme, schreckbereit –
Nun die Nacht ein schwarzes Zelt
über weiße Augen hält.

# Auf ins Blaue!

Eltern wollen Rollschuhfahren,
fahren hin zum See,
im Gepäck den Kinderwagen.
Kind im Auto sitzt und schlummert,
See winkt silbern still.

Eltern sieht man Rollschuhfahren,
fahren um den See,
schieben einen Kinderwagen.
Kind im Wagen sitzt und schlummert,
Haubentaucher taucht.

Eltern sieht man Barfußlaufen,
laufen um den See.
Auf dem Arm die wache Tochter,
Rollschuhe im Kinderwagen.
Tochter schreit trärä.

Eltern tragen schweißgebadet.
Tochter wieder gut.
Schnuller wurd zuhaus vergessen:
ohne ihn kein Rollschuhfahren.
Oh, ein schöner Tag.

## Was er galt und gilt

Er war ein solcher Kopf gewesen.
Er war bewandert, und man sah ihn wandern.
Er hatte Benjamin gelesen,
grade den; und also alle andern.

Er schmiß sein Wissen in die Runde.
Er deckte Lügen auf, als Worte zählten.
Viel galten die aus seinem Munde
grade denen: die bunt Linkes wählten.

Er wurde grau. Er suchte Damen
und suchte viele, und er fand dann: eine.
Und nach der Nacht, als beide kamen,
grade sie: da kam auch schnell das Kleine.

Nun baut er Lego, wäscht die Windeln aus
bringt Frau und Kind ins Bett und Tüten raus,
er schiebt den Wagen, schrubbt die Püppchen
und weiß erst jetzt: Kein Wort war je vergeblich.
Gilt seines doch just diesem Grüppchen,
grade ihm: als nicht mal unerheblich!

# Ganz kurz

Du, Vater, scheinst ein wenig bang:
Du traust dich nicht zu schlagen.
O Vater, laß dir sagen:
Ist auch dein Herz vor Liebe reich,
komm, hau die Tochter windelweich!
Zieh ihr die Hammelbeine lang!
(Dies zu Erziehungsfragen)

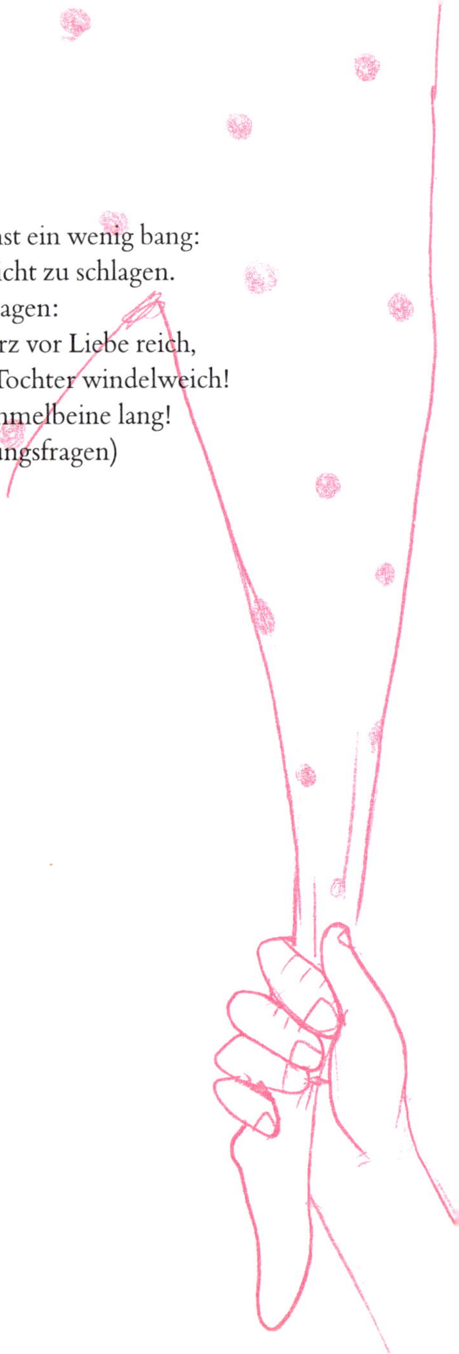

# Damit muß in der Tat Schluß sein!

*für Martin Walser*

Durchschnittlich die Körper ihrer Eltern,
ihrer: stramm
Scheitellos die Haare ihrer Eltern,
ihrer: rechts
Straßenfahl die Haare ihrer Eltern,
ihre: blond
Grau und grün die Augen ihrer Eltern,
ihre: blau
Groß und bohrlochtief die Liebe
ihrer: Eltern
Doch kein Tag vergeht, da sie
sich nicht verängstigt fragen:
Was
um Himmels
willen
sollen
bloß
die
Leute
den-
ken

# Ein erstes Machtwort

Wie bist du doch in hohe Welt gerückt.
Wie sitzt du groß in deiner Rückentrage
und hast, so deiner Tragemutter Klage,
ihr manches schöne Haar vom Haupt gepflückt.

Drum senkt sie, dich im Rücken, nun ihr Haupt
zu Boden und schwimmt blind durch Häusermeere.
Doch du pflückst fort. Bei meiner Vaterehre:
Das läßt du sein! Es ist dir nicht erlaubt!

Ich sag's nur einmal: Iti ni elau,
garrang garrang! (Ich weiß, sehr harte Worte –
ein Vater, weißt du, spricht von einem Orte
weit oberhalb, und seine Seinsbeschau

dringt tiefer und weiß besser als ein Kind
und besser als die Mutter allemale,
daß auch und grad wie leergepflückte kahle
gesenkte Häupter seine Sache sind.)

## Na was ein Durcheinander

Du weißt nicht recht, du weißt nicht recht,
ein bißchen liebst du dieses kleine Kind.

Du weißt nicht recht, du weißt nicht recht,
ob die »ein bißchen« nicht die falschen Worte sind.

Du fühlst dich so, du fühlst dich so
kompakt, wenn sie die Arme nach dir streckt.

Du fühlst dich so, du fühlst dich so
geherzt, wenn sie den Kopf auf deine Schulter legt.

Es kommt dir vor, es kommt dir vor,
als wär dein Hirn gewaschen. Sonderbar:

Es kommt dir vor, es kommt dir vor,
als wär es erstmals sauber und dir Esel klar,

wie gut ein Mensch, wie gut ein Mensch,
der suchend, weil erst jüngst geboren ist –

wie gut ein Mensch, wie gut ein Mensch
dich finden kann, wenn du so ganz verloren bist.

# Zu einer Phänomenologie des Glücks

Kügelchen aus lecke Holz
itt in Schächtelchen versteckt:
Schächtelchen von Deckelchen
itti heiteitei bedeckt.

Papa rüttel. Schächtelchen
matte rollerolleroll.
Rosa große Augi, merk:
itti Schächtelchen danz voll.

Rosa werde rappeli.
Rosa wille matte ab,
matte patsche mitti Händi
Deckel, wille Kugel hab.

Rosa kannich matte patschi.
Bleibe ficki Deckel drauf.
Rosa nixe kuckuck Kugel.
Rosa matte Mündchen auf,

Rosa böse, weini weini,
Rosa haue Papa putt.
Papa matte Deckel runter –
Kugel kuckuck! Alle gutt:

Rosa quietschi, Papa quietschi,
Rosa kuckuck Kugel patsch,
Rosa lachi: »Agng! Dada!«
Papa lachi bravo klatsch.

## Das alles

Nun also das: Sie krabbelt.
Gebückt geh ich ihr hinterher
und komme zu nichts andrem mehr.
Sie krabbelt.

Nun also das: Sie schafft mich.
Laut gähnend halt' ich Fuß und Hand
vor jede Kante, jede Wand.
Sie schafft mich.

Nun also das. Sie leidet.
Weil sie, kaum bin ich eingedöst,
sich pausenlos die Birne stößt.
Sie leidet.

Nun also das: Sie weckt mich.
Sie sitzt vor einer Wand und heult
aus gutem Grund: Sie ist verbeult.
Sie weckt mich.

Nun also das: Ich krabble.
Wir krabbeln uns entgegen. Sie
strahlt auf wie immer: wie noch nie.
Ich krabble.

Nun also das: Ich lüge.
In Wahrheit schlaf ich Tag und Nacht,
derweil die Frau das alles macht.
Die Gute!

# Und überhaupt: meine Frau!

Verschwiegen sollten Menschen sein,
verleugnet freilich nie und keiner.

Von meinen Zügen ist kein feiner
wohl jener, der nur mich allein,
nur mich zum Thema hoch erhebt
und just so leben läßt, indessen
SIE namenlos und wie vergessen
in kaum sechssieben Versen lebt –

vorbei! vorbei! SIE trug das Kind
nah unter IHREM schweren Herzen,
gebar es unter LEICHTEN Schmerzen –

vorbei mein Hochmut! Und geschwind
zu IHR, der Frau, die mich so ganz
und selbstlos liebt und mir verfallen,
ja hörig ist: in heilgen Hallen
mich stumm verehrt und als Monstranz
mich betend vor sich herträgt: mich,
der seinen guten starken Samen
IHR überließ und schenkte, amen –
SIE* liebt. Zu Recht. Denn so bin ich.

* Ursula, geb. 1966

## Und überhaupt: Rosa!

Ich gab meine Verse Feinden zu lesen.
Sie fragten mich: Wo liegt der Sinn?
Sie fragten mich: Wär es nicht besser gewesen,
du wärst nicht geboren? Ich sagte: Ich bin.

Ich gab meine Verse Freunden zu lesen.
Sie fragten mich: Wer ist der Held?
Sie fragten mich: Wär es nicht besser gewesen,
du hättest dein Licht unter Rosa gestellt?

Ich gab meine Verse Mutter zu lesen.
Sie schimpfte: Der eitele Scheiß –
Sie faßte sich: Wär es nicht besser gewesen,
du hättest mehr Rosa … ? Ich sagte: Ich weiß.

Ich gab meine Verse der Frau zu lesen,
die mich so vergöttert. Sie frug:
Ach wär es, Geliebter, nicht besser gewesen,
du hättst mich und Rosa … ? Ich sagte: Genug!

Ich gab meine Verse Rosa zu lesen.
Sie lachte hell auf und zerriß
die Blätter und schluckte sie runter. Dies Wesen,
es »frißt« meine Verse, so viel ist gewiß!

# Wahrheit läßt sich nicht erhellen

Vater: daß ich dieses würde,
dacht' ich niemals. Es geschah.
Doch verdank ich diese Bürde
der geliebten Ursula?

Gut, sie ist ein Kind der Mode.
Anti-Baby-Pille: nein.
Die Temperaturmethode
scheint ihr fraulicher zu sein.

Männlich scheint mir, stumm zu nicken.
Bei uns beiden ist das so:
*Sie* entscheidet, *wie* wir ficken,
*ich* erfahre, wann und wo.

Aber hat sie's ausgenützt?
Gut, sie nahm mich ungemessen
und hat, derart ungeschützt,
gleich auch das Kondom vergessen;

gut, ich schrie noch, als wir kamen:
Schatz, du hast mich nicht verhütet!
Und sie schrie noch: Schatz, dein Samen
wird ab heute ausgebrütet –

Doch wie stets in solchen Fällen
stellt man auch in diesem fest:
Wahrheit läßt sich nicht erhellen.
Dunkel bleibt ein Rest.

## »Es gibt nichts Gutes, außer: man tut es!«

*für Erich Kästner*

Okay okay – aber nach Rosa
muß es natürlich heißen:

Es gibt nichts Lautes,
außer: man haut es.

Es gibt nichts permanent Feuchtes,
außer: man zeucht es.

(Es gibt halt nix Kleines,
außer: man steckt rein »es« …)

Andersherum:
Es gibt nichts Verkärtes,
außer: »man« »gebärt« es.

Zusammengenommen:
Es gibt nichts (morgens
viel zu früh) Erwachendes,
außer: wir machen des
selber, wie der Hesse so sagt.

Aber Achtung:
Es wird nix Erbauliches,
außer: man behandelt vertraulich es.
(Mit Liebe, Vertrauen usw.)

Fazit:
Es gibt nichts Vergleichbares
außer: Erreichbares
(in dem Sinn, daß ja
praktisch alle so einen
süßen Nachwuchs njem njem)

# Jetzt aber: Lob der Ursula

Hätte die, die ich, ich sag es
offen, die ich oft sehr liebe –
hätte sie nicht ihrer Triebe
typisch weiblich sehr unvages

Telos tief in ihrer großen
dunklen Seele tief empfunden:
Hätt' denn ich in dunklen Stunden
dieses Tief in Form gegossen?

Wär dies Büchlein je geschrieben,
hätte meine tugendsame
aber gute Herzensdame
noch beizeiten abgetrieben?

Wär ich heute ich, der Dichter,
der, vom Hier und Jetzt gegeißelt,
Ewiges in Verse meißelt?
Wär ich das? Ach geh! Mitnichter!

Ist das Leben auch ein Brocken,
der erhebend ungebremst
auf das Ich herniederwemst,
soll der Dichter doch frohlocken:

daß der Brocken Brüche schlägt
in die Knochen, in das Leben!
Wer noch kann, soll sich erheben
(falls ihn sein Gebein noch trägt)

und dem Brocken stille danken:
danke, daß du niederbretterst;
danke, daß du fast zerschmetterst;
danke, daß die Schritte schwanken.

Solchem Brocken: ungelogen
solchem Brocken im Prinzip
wahlverwandt kam sie, mein Lieb',
kam mein Ursula geflogen!

# Ausblick

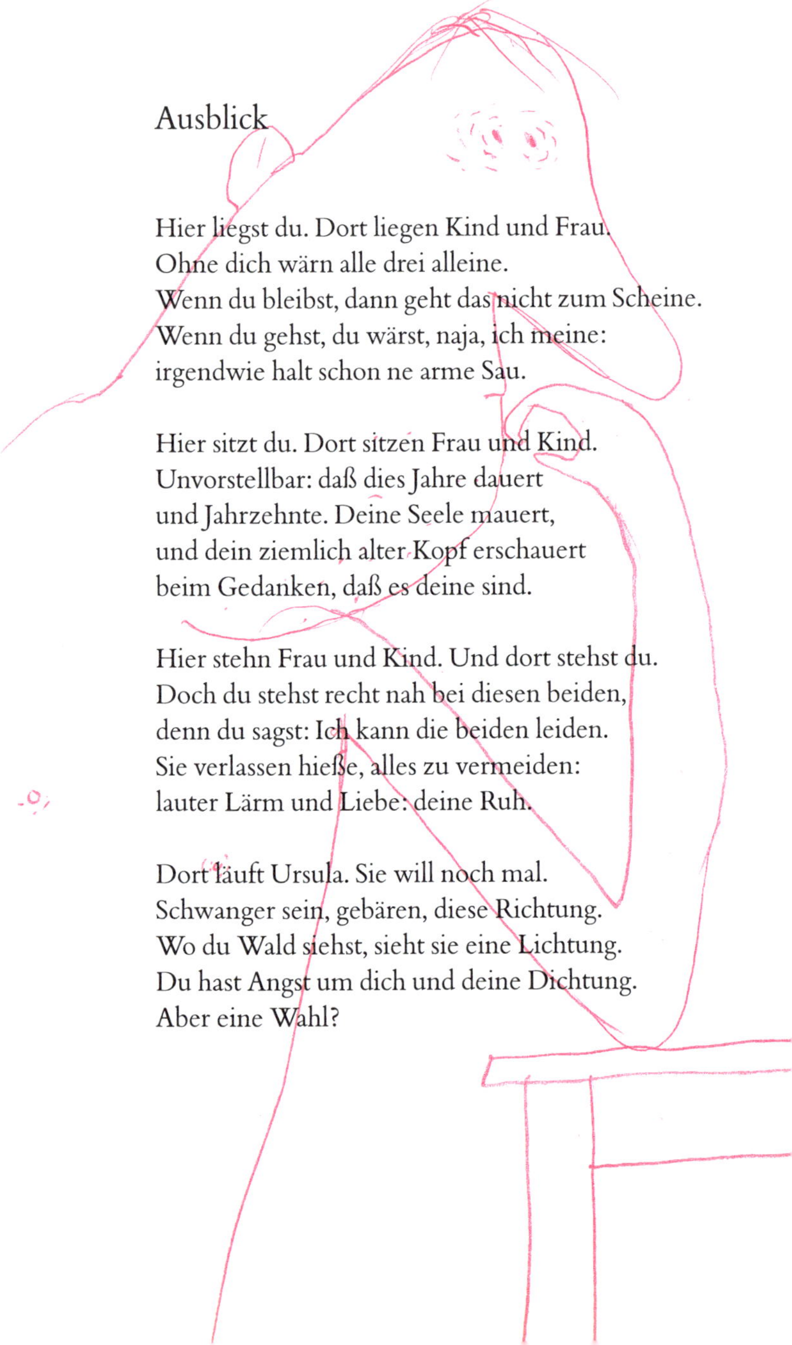

Hier liegst du. Dort liegen Kind und Frau.
Ohne dich wärn alle drei alleine.
Wenn du bleibst, dann geht das nicht zum Scheine.
Wenn du gehst, du wärst, naja, ich meine:
irgendwie halt schon ne arme Sau.

Hier sitzt du. Dort sitzen Frau und Kind.
Unvorstellbar: daß dies Jahre dauert
und Jahrzehnte. Deine Seele mauert,
und dein ziemlich alter Kopf erschauert
beim Gedanken, daß es deine sind.

Hier stehn Frau und Kind. Und dort stehst du.
Doch du stehst recht nah bei diesen beiden,
denn du sagst: Ich kann die beiden leiden.
Sie verlassen hieße, alles zu vermeiden:
lauter Lärm und Liebe: deine Ruh.

Dort läuft Ursula. Sie will noch mal.
Schwanger sein, gebären, diese Richtung.
Wo du Wald siehst, sieht sie eine Lichtung.
Du hast Angst um dich und deine Dichtung.
Aber eine Wahl?

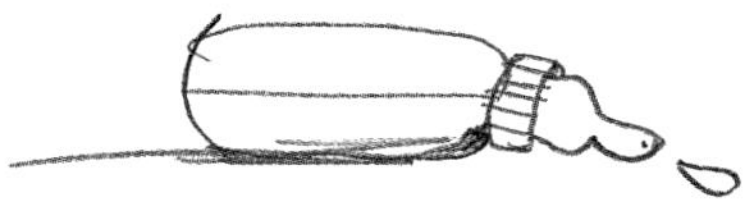